斜め読み小野小町

藤田恭子
FUJITA Kyoko

文芸社

斜め読み小野小町　目次

プロローグ

♪人のはかなさ　世の辛さ……　（作詩　丘灯至夫）
とか
♪こよなく晴れた青空を　悲しと思う切なさよ
うねりの波の人の世に　儚く生きる野の花よ……　（作詩　サトウハチロー）
とか
昭和時代の歌謡がありますが
私の　人生も同じ

あはれてふことこそうたて世の中を思ひはなれぬほだしなりけれ
（古今和歌集　雑歌下　九三九）

その私とは

花の色はうつりにけりないたづらにわが身世にふるながめせしまに

（古今和歌集　春歌下　一一三）

と　百人一首に載っている歌を詠んだ　小野小町と申します

一　仁明朝

私は　小野小町　一

平安時代前期とよばれる頃
中流貴族小野氏の家に生まれました
生誕地は　不詳です
物心がついたころは京の都の小野篁《おののたかむら》宅にいました

「名前はある」はずですが「憶えていません」
父の名も　母の名も　憶えていません
憶えているのは
小野岑守《おののみねもり》・篁親子のこと

どんな人たち？
彼らは　私の心のなかの小さな芽を育む　土・太陽・水でした
まず　彼らをご紹介します
私には大切な方ですが　面倒なら
斜めに読んでくださってかまいません
飛ばしていただいてもいいかな

小野岑守

小野篁の父
岑守は　私が生まれた頃　なくなりましたが
嵯峨天皇が　太子だった頃より仕え　嵯峨天皇の頭脳とも言われた
優れた官人・行政の人
国家財政の立て直しや　大宰府に療養施設建設……等々

また　優れた文人です
嵯峨天皇の勅により　最初の勅撰漢詩集『凌雲集』[1]編纂の中心的役割を担い
一方　詩三十余首を『凌雲集』『文化秀麗集』[2]『経国集』[3]に載せています
『文化秀麗集』『経国集』は『凌雲集』に次いで編纂された勅撰漢詩集です
真言宗を開かれた空海様とも親しくしていたとのこと
空海様は　日本で初めてサンスクリット語（梵語）を正しく理解された方だそう
です

注
1　『凌雲集』：八一四年勅
2　『文化秀麗集』：八一八年勅
3　『経国集』：八二七年勅

小野篁

篁は　延暦二十一年（八〇二年）生まれ
弘仁六年（八一五年）陸奥守に任命された父・岑守とともに陸奥国へ
陸奥でも　帰京後も
弓馬を愛し　文学とは無縁な暮らしでしたが
嵯峨天皇が「漢詩に優れた岑守の子なのになぜ弓馬の士になったか」
と　嘆かれたと聞き　学問を志したとか
弘仁十三年（八二二年）文章生《もんじょうしょう》[1]試に合格
淳和《じゅんな》朝はじめ　弘仁十五年（八二四年）から官職につき
天長十年（八三三年）仁明《にんみょう》天皇即位時、太子・恒貞親王の東宮学士に
また　同年完成した『令義解《りょうのぎげ》』[2]の編纂にも参画

でも　承和五年（八三八年）遣唐使問題で　隠岐に配流
（この配流の道中に篁が制作した七言十韻の『謫行吟《たっこうぎん》』は、文章が美しく　趣が
優美深遠で　漢詩に通じたものは　みな吟誦しています）
この年　白居易《はくきょい》[3]の詩が　嵯峨上皇に献上されていますが
篁はこの詩に夢中になって読みふけったとのこと

承和七年（八四〇年）赦免
承和八年（八四一年）文才に優れていると再び官職に就き
承和九年（八四二年）承和の変で　太子に立てられた道康親王（のちの文徳《もんとく》天
皇）の東宮学士に
以後要職を歴任していきますが
嘉祥二年（八四九年）五月病気により官職を辞しています

そう　彼は

『令義解』の編纂にも深く関与するなど明法道《みょうほうどう》[4]に明るく　政務能力に優れ
漢詩文では　白居易と対比される平安時代初期の屈指の詩人
その詩は『経国集』『扶桑集』『本朝文粋』『和漢朗詠集』に載り
また　和歌にも秀で、『古今和歌集』に八首
以後の勅撰和歌集にも十四首が　載っています
（『百人一首』十一番　に載っている彼の歌は
「わたの原八十島かけて漕ぎ出でぬと人には告げよ海人の釣舟」）
書においても当時天下無双で、草隷《そうれい》[5]の巧みさは王羲之《おうぎし》・王献之《おうけんし》父子[7]に匹敵するとされ、後世に書を習うものは皆手本としたとか

注

1　文章生：律令制で詩文・歴史を学ぶ学生　平安時代になると擬《ぎ》文章生を経て式部省の文

章生試に合格した者
2 『令義解』：天長十年（八三三年）淳和天皇勅により撰集された律令の解説書
3 白居易：（七七二～八四六年）唐代中期の詩人　字《あざな》は楽天
4 明法道：古代日本律令制の元で設置された大学寮で律令（法学）を講義する学科
5 草隷：隷書6の早書きしたもの
6 隷書：漢字の書体の一つ　篆書《てんしょ》の曲線を直線にし字画も簡単にしたもの
7 王義之・王献之父子：
王義之（三〇三～三六一年）中国東晋の政治家・書家
王献之（三四四～三八六年）東晋の書家　王義之の第七子

私は　小野小町　二

岑守からは直接教えは受けられませんでしたが
篁から　様々なことを学びました

篁は
幼い子にもわかるように
真面目に　でも時には面白おかしく　教えてくれました
和歌を詠むこと
このころ　使われるようになった仮名文字の読み書き
漢詩文の読み書き
（特に篁は白居易の詩　元稹《げんしん》1の詩・小説に傾倒していました）
仏の教え
書
そして　篁の父小野岑守のことなど

私は　漢詩文集を　読みふけりました
篁に　質問をしたり　反論したり
面白い・儚い・哀しいなどと感じながら

白居易の詩は　私も大好き
仏の道も　興味深々　小難しい仏典も読むように
まだまだ　深い意味は　理解できていませんが

注
1　元稹：中唐の詩人　白居易と同年に科挙を受けて官職に就いた　白居易の親友

後宮へ

私の小さな芽が　土　太陽　水で膨らみ始めたころ
大好きな歌舞を後宮十二司《じゅうにつかさ》1にある内教坊《ないきょうぼう》2で習っていました

承和十一年（八四四年）・十二年　一月二十日ごろ
仁明天皇が内裏で私的に宴会を催され

この席で　歌・舞を披露
その歌・舞を　大変褒められ
後宮に仕え始めたのです
十三～十四歳ごろでしょうか

この後宮では　町（御簾などで間仕切りされたちいさな部屋）に居ました
私は　小野氏の出で　小さな町にいるから　小町
小野小町とよばれるようになったのかな
女の名なんて　こんなものです　あってない物
でもこのころも後宮にいる多くの女性は　男性に負けず
和歌・歌舞・漢詩・仏教などしっかりと身に着けていきます

注

1　後宮十二司：後宮にあった十二の専門の役所　後宮の維持管理と後宮にいる帝の世話を

する役所

2　内教坊：設置時期は不明だが　少なくとも淳仁天皇（天平時代）のころにはあった

舞踊・音楽を女性に対し教習したところ

恋歌の始まり

後宮に仕えるようになったあの宴席で
あの御方に　お逢いし　その時
「このお方は……」……
そのお声・お顔・仕草に　何故か心が大きく動かされました
梅と桃の花が　一気に開花した喜び
川の流れが　朝日に輝くような　美しい楽しさが
心の中に生まれたのです　が
数日後からは

その花々が　一気に散ってしまう寂しさ　哀しさが
ただお逢いしたい　お逢いしたい
夢でもいいから　お逢いしたいと　日々過ごすように

夢の歌　一

ある日　夢でお逢いでき
あの方への思いを　素直に詠みました

思ひつつぬればや人の見えつらむ夢としりせば覚めざらましを

（古今和歌集　恋歌二　五五二）

でも夢は夢　現実ではない　寂しさは募ります
恋の辛さ　嬉しさ　儚さを

現実と夢の思いを　歌に託します
また　お逢いしたい　夢なら覚めませんように

夢の歌　二

ある日　うたた寝の夢で　あのお方にお逢いできました

うたたねに恋しき人を見てしより夢てふ物は頼みそめてき

（古今和歌集　恋歌二　五五三）

「夢は夢」だと思っていましたが
恋しいあのお方にお会いした喜び・その心
「夢という物も頼みになるものだ」とつくづく感じ
「夢てふもの」と表現し

「てき」という詞《ことば》　使ってみました

私の心の問題　恋しい人にお会いしたい
それを夢という「物」で　頼みにしようと決意したのです

夢の歌　三　夢に託す思い　三首

あの方への　つのる思いを　素直に詠い続けます
歌を　つくっていると　心が落ち着くのです
勿論　漢詩文も読んでいました　いろいろ　自分の恋心に重ね合わせて
これも　なんだか心を落ち着かせてくれましたが
もう　気が気でなく　狂いそうに　お逢いしたくなることが
そんな時　できました

いとせめて恋しき時はむばたまの夜《よる》の衣《ころも》をかへしてぞ着る

（古今和歌集　恋歌二　五五四）

むばたまに　お逢いしたいと祈りを込めて
かへす力で　あのお方を引き寄せたい

うつつにはさもこそあらめ夢にさへ人目をよくと見るがわびしさ

（古今和歌集　恋歌三　六五六）

人目につかないように　つかないように　気を付ける立場の　あのお方
うつつの夜は　それでも仕方ありません
でも　夢の中でお逢いするときも　人目を気になさるとは
「わびしさ」が　つのります

かぎりなき思ひのままに夜《よる》も来《こ》む夢路《ゆめじ》をさへに人はとがめじ

（古今和歌集　恋歌三　六五七）

あのお方にお逢いしたい　お逢いしたい　思い続ける日々
夜が来る
夢の路なら　私・女からお逢いしに行ってもいいでしょう
夢の路だから　咎める人はいないでしょう
魂だけでも　あなたに逢いたい

夢がうつつに

半年か一年くらい　ただお待ちしていたあのお方
一度うつつの夜　夢ではなく　お逢いできました

夢ではないのです
お話ししたいこと　いっぱい　いっぱい溢れてきて
胸が熱く燃えましたが
それ以後は　また無しのつぶて

夢の中で　私は　休むことなく
女なのに　あのお方のところへ　通い続けています
でも　いくら通っても　お逢いした時ほどの
喜び・ときめきは感じられません
うつつと夢の逢瀬　天と地以上の差があります

夢路には足もやすめず通へどもうつつにひとめ見しごとはあらず

（古今和歌集　恋歌三　六五八）

数年の間　何度かお逢いできました
「秋の夜は長い」　などと言われますが
お逢いしている夜は　心置きなくおしゃべりも出来ないくらい　短いもの
本当に　あっけなく・容赦なく　夜は明けてしまいます

秋の夜《よ》も名のみなりけり逢ふといへばことぞともなく明けぬるものを
（古今和歌集　恋歌三　六三五）

「あはれてふこと」で　生きる覚悟

何年　経過したでしょうか　逢瀬数回
嘉祥三年（八五〇年）　あのお方が　お亡くなりになりました
私の心には　やりきれない哀しみが溢れ

大嵐　大雪・吹雪でも　消えない哀しみが溢れ　前が見えません
私の歌の友　あのお方の御側に昼夜お仕えしていた良岑宗貞《よしみねのむねさだ》殿が出家
遍昭《へんじょう》と改名

私も後宮を離れました　小野氏に帰り
寂しさ・わびしさ・哀しさ・儚さのなか
今まで以上に　仏の教えを知りたくて
経典を詠んだり
仏法会に出かけ　お説教に聴き入りました
漢詩文を読み　歌を詠みました

世の中は　人や愛・恋を求めて生きることは辛く　切なく　哀しい
人を求める心を棄てて仏の道に入りたい　と思うことと
あのお方を恋い求める心　人を愛し・恋する心を「あはれ」と感じ

歌を詠まずにはいられない気持ち
そして「あはれ」を詠い続けることが　世の中を棄てさせない
世の中と私を繋ぎ止める「ほだし」[1]だと思うように
そう
仏の道には進まず
「あはれてふこと」を　歌い続けて生きていく覚悟をしたのです
寂しさ・わびしさ・哀しさ・儚さのなか　生きていく決意を
歌に秘めました

あはれてふことこそうたて世の中を思ひはなれぬほだしなりけれ

（古今和歌集　雑歌下　九三九）

注

1　ほだし（絆し）：馬の足をつなぐ縄→自由な行動を束縛するものごと

二　文徳朝

仁寿元年（八五一年）

　あのお方の　御一周忌

歌仲間の

文屋康秀殿《ふんやのやすひで》が

「草深き霞《かすみ》の谷に影かくし照る日のくれし今日《けふ》にやあらぬ」

（古今和歌集　哀傷歌　八四六）

（今日は霞のかかった草深い谷にその光を隠し、照る日が落ちて真っ暗になった日だったのでは）

遍昭殿が

「みな人は花の衣《ころも》になりぬなり苔《こけ》の袂《たもと》よかわきだにせよ」

（古今和歌集　哀傷歌　八四七）
（皆人々は花のようにきれいな着物に戻ったそうだが　私は僧衣のまま。我が衣の袖よ、涙でぬれた袖よせめて乾いてくれ）

と　哀傷歌を捧げられました

石上寺にて

この御一周忌後　いつだったでしょうか
心の寂しさ　癒すこと少しでもできないかと
石上寺に出かけ一泊することに
このとき遍昭殿が寺にお泊りと聞き　歌を贈りました

詞書：いその神といふ寺（石上寺《いそのかみ》）にまうでて、日の暮れにければ夜明けて

まかり帰らむとて　とどまりて「この寺に遍昭侍り」と人のつげければ　物言ひ心見むとて、言ひ侍りける

岩の上に旅寝をすればいと寒し苔の衣を我に貸さなむ

（後撰和歌集　雑三　一一九五）

遍昭どのは

世をそむく苔の衣はただ一重貸さねば疎しいざ二人寝ん

（後撰和歌集　雑三　一一九六）

（俗世を捨てた僧が着る粗末な苔の衣は一枚だけ、しかし親しいあなたに貸さないわけにはいきません　いっそ如来の衣のように二人で覆《おお》って寝ましょうという

訳：大塚英子）

と　返してくださいました。
遍昭殿は『経国集』にある詩[1]から　僧衣を苔に喩えた歌
「みな人は花の衣になりぬなり苔の袂よかわきだにせよ」
と　あのお方のご一周忌に　詠まれました
それで　私は「苔の袂《たもと》」を踏まえて　僧衣を「苔の衣」と詠いました
また『十誦律《じゅうじゅりつ》』[2]では　二人の比丘《びく》（一般の修行僧）が一枚の覆衣《ふくい》の中に共に臥すことを禁じています。これは僧院の生活の基本的戒律ですが
『法華経』法師品《ほっしほん》[3]では　仏が薬王菩薩[4]に対し
如来《にょらい》の入滅《にゅうめつ》後に『法華経』を信じて他人に説く者を　如来と共に衣で覆い
「この人は如来とともに宿っている　速やかに菩薩の道を得ることが出来る」と
説きます
すなわち「『法華経』を信じる法師に親しみ順《したが》う人々も救われる」と　いう大きな慈悲が　覆衣の形で示されているのです

私は、世俗の女　色好みを装って言い寄るという形で
親友の宗貞殿に贈った歌に
出家して遍昭となった宗貞殿も
自分を一人の比丘・薬王菩薩に見立て
大胆かつ堂々と　洒脱な恋歌を　返されました
喝采です
深い意味を　読み取っての　深い返しの恋歌

そうそう　遍昭殿は　「貸さねば疎《うと》し」と詠われていますが
先の『法華経』偈《げ》[5]の「法師に親しむ」に対応させて使われたのか
「疎し」は「多くの対象の中の独りで親しい間柄ではない」という意味ですが
「貸さねば疎し」は逆に親密な男女の仲も示唆していて
「いざ二人寝ん」というくだけた言い方

遍昭殿の　自由奔放さに「まいった!」小町です
仏典を踏まえて　これほど機知に富んだ問答ができ
本当にうれしくて　寂しさが　慰められました

『法華経』は私・小町の親しんでいた経典で、寺院は身近な環境でした

注

1　『経国集』にある詩：
「蘚苔《せんたい》密ナル間塵垢《じんこう》乏シ」（苔が密生し塵はない）
「芭蕉ノ疎衲《そのう》新シク着ルニ慣ル」（芭蕉の繊維で疎《あら》く織った僧衣を新たに着慣れる）
「塵《じん》衣《い》已《すで》ニ替《かは》ル薜蘿《へいら》ノ衲《のう》」（世俗の衣は蔓草《つるくさ》で織った僧衣に替《かは》った）

2　「十誦律」：仏教の戒律を定めた古い経典

3　『法華経』法師品：法華経は大乗仏教（民衆のための仏教）の代表的経典　法師品はその中で法師向けに優しく説いたもの

4　「菩薩」：悟りを開いて衆生《しゅじょう》を救おうと志す徳の高い修行者

5　偈：経文で詩句の形式をとった部分

再び　後宮へ　書司に

このころから　篁の身体が悪くなり
仁寿二（八五二）小野篁　がなくなりました

私は　後宮から呼ばれ官職に就くことに
書司《ふみのつかさ》に配属されました
書司は後宮の書籍・楽器などの管理と
後宮の式典・催しものなどを企画・実行をする部署です
書司では　大好きな漢詩文に　より多く触れることが出来
大好きな歌舞も教えたり　実践したり

和歌も　自由に詠め
友と　女・男区別なく　歌を詠みあいます
一見　楽しく　幸せな日々ですが
私の心の奥には「あの方への思い」「空白・不安・寂しさ・哀しみ」があり
さらに仏の教えにのめり込みます
私にとって経典は難しいものも多くありましたが
法師様などの説教をより多く聴いて　生きる基本にしていったのです
私の大好きな白居易も　仏の教えを信じる人
「空白・不安・寂しさ・哀しみ」は　だれでも持つもの
その生き方　考え方に　大きな影響を受けました

阿部清行殿との贈答歌　一

そのような生活が続く中

下つ出雲寺で　ある方の法事に出席
読経中　人の儚さ　寂しさ　せつなさなど湧きあがり
涙を流してしまいました

読経後は
真言宗の真済《しんせい》僧正の
『法華経』五百弟子受記品《ごひゃくでしじゅきほん》の「無価宝珠」（価《あたい》をつけられないほど尊い宝の真珠を　仏が衣の裏につけてくださったのに　人はそのことに気付かない　真珠＝智慧）
の喩え話のお説教
すると
法事がおわるや否や　阿部清行《きよゆき》殿から　歌が届きました
あなたに涙を流させるのは　どなたでしょう
あなたの涙も素敵ですが　やはり笑顔がいいですよ

と添え書きをつけて

包めども袖にたまらぬ白玉は人を見ぬめの涙なりけり

（古今和歌集　恋歌二　五五六　清行）

早速お返ししました

おろかなる涙ぞ袖に玉はなす我はせきあへずたぎつ瀬なれば

（古今和歌集　恋歌二　五五七）

あなたのおろかな涙は糸で貫きとめられない白玉
深い深い哀しみの私の涙は「たぎつ瀬」
と　お返ししたのです

白居易に、紅の頬を伝って流れ落ちる二筋の涙を　糸で貫きとめることが出来ない真珠にたとえた詩があります
清行殿も白詩を好まれていたので
涙を白玉にたとえられたのでしょう
いい歌が詠めると　心が温かくなります

仏法からすると
激しい哀しみの涙は　たとえ死別時でも　愚かなこと
でも
空海様や菅原道真殿の書かれた肉親の死を悼む願文1には、哀しみの涙についての表現が溢れでています
経典は古くから、衆生《しゅじょう》の涙が滔々《とうとう》たる大河となって海にまで至り
大海を溢れさせると伝えています
小野篁も妹の死を悼んで

「泣く涙雨と降らなむ渡り川水まさりなば帰り来るがに」

（古今和歌集　哀傷歌　八二九）

と涙を雨や川の水に喩えた歌を詠んでいます

一方、文徳天皇の更衣《こうい》三条町《さんじょうのまち》様は

「思ひせく心のうちの滝なれや落つとは見れど音の聞えぬ」

（古今和歌集　雑歌上　九三〇）

まさに深層の心「阿頼耶識《アーラヤシキ》」[2]が「思ひ」として沸き上がり堰き止められて

かえって爆流となる様子をお詠みになっています

私は「我はせきあえずたぎつ瀬ならば」と滝を用いました

仏は　教えます

玄奘《げんじょう》が集成した仏教の心性心理　唯識説《ゆいしき》[3]によって　心の深層「阿頼耶識」を

「恒ニ転ずること爆流《ぼる》ノ如シ（転変しながら滞ることのない奔流のようだ）」と

注

1　願文：神仏への願い事を書きつけた文書

2　阿頼耶識：唯識説でいう最も根本的な識（深層の心）のはたらき。覆われて潜在している意識。『唯識三十頌』によると「恒ニ転ズルコト爆流《ぼる》ノ如シ」（転変しながら滞ることのない奔流のようだ）という

阿頼耶：梵語で住居、休む場所の意　自我に愛着することを表すとも

3　唯識説：玄奘《げんじょう》により集成された仏教の心性心理　日本では奈良朝末期から平安初期に論争され　空海も研究した

唯識：（仏教語）人間の心の奥底にある意識　すべての心の働きのもとになるもの（哲学で）すべての事柄は精神の作用によるものという考え方

艶色即空花　浮生乃燋穀

私小町　後宮で仕事をしながら　年を重ねていますが

仁寿三年（八五三年）各地に天然痘が流行　多くの人が亡くなりました
日照りや　烈しい野分で　不作になる年もあり
人の世は　辛く暗いことが多く
きょう今　何が起きるかわかりません
華やかに見える　後宮生活も　裏は大変
政争　個人の思惑　妬み等々　渦巻いています
それでも　働きながら　歌をつくりながら　生きていくのです
一日一日を
「あはれてふこと」詠みながら　生きる覚悟をしましたが
あるときは不安になったり　自分が無意味なものになったり
根なし草のような　落ち着かない感じ
どうしていいか　なぜ生きるのか　わからなくなり
そんな時は　ぼーっとしたり　好きな詩を読み返したり

白居易は　「無遊春詩ニ和ス」[1]という長い詩の結びで
「艶色《えんしょく》ハ即チ空花《くうげ》　浮生《ふせい》[2]ハ乃チ焦穀《しょうこく》」〔艶色即空花　浮生乃焦穀〕
「空花」と「焦穀」[3]を　対にして　現世を表現していました

御寺での説教なども
同じようなことをいろいろな喩えで　教えてくれます
「焦穀」は　『維摩経《ゆいまきょう》』で衆生が実体のないことを譬《たと》えた三十喩の一つと
聴きました

私は
「あはれてふこと」を歌い続ける力に　この「浮生」観を加え
「わが身」について　二首一対の歌をつくりました

春と秋の景色を用い

「長雨《ながめ》」が「降る」に私小町が「経る」「古る」

「秋風」に「厭き」

「田の実」に「頼み」を掛け……

仏教語の「いたづらに（存在しても意味がない）」と

「むなしく（心が空っぽ　空虚）」を使い分けて

花の色はうつりにけりないたづらにわが身世にふるながめせしまに

（古今和歌集　春歌下　一一三）

秋風にあふ田の実こそかなしけれわが身むなしくなりぬと思へば

（古今和歌集　恋歌五　八二二）

「いたづらに」は、あってもしょうがない状態を言いますが

空海殿は「人は『徒《いたづ》ラニ飢ヱ徒ラニ死スル何ノ益カ有ル』と言うが、
山で悟りを求める生活は『いたづら』ではなく楽しい」と詠っています

この二首　小野貞樹殿に
「小町の心　お分かりください」と　願いを込めて
お送りしましたが　返歌がありません
心待ちにしているのですが

政務　お忙しいのでしょうか

注
1　「無遊春詩ニ和ス」：親友の元稹《げんしん》が原体験を回想した『鶯鶯伝《おうおうでん》』「無遊春詩《むゆうしゅん》」に唱和したもの
2　浮生：荘子の用語だが　白居易は生きることの意味を問う題として使用

3　「燋穀」：日照りで枯れて芽の出なくなった穀物

三　清和朝

天安元年（八五七年）藤原良房様が　太政大臣に
新しい暦ができましたが（三年後にはまた暦がかわるのですが）
天安二年（八五八年）文徳天皇が崩御され　清和天皇即位（初の幼帝）
元号は　貞観元年（八五九年）に

世は続きます　小町は生きています
書司で働きながら

仮名文字が使われるようになり
一つの言葉にいろいろ意味をつけられ
複雑な心を　表現しやすくなりました

つくるときも　どの言葉をどう掛けて使うか　考えて　考えて
考えることは苦しくて楽しい事です
時には　投げ出してしまうこともありますが
うまく表現できると　嬉しいものです
詠み手の心境で書くのですから
ややこしくて　理屈っぽいものもあり
読み手の心境で　解釈も異なります

恋歌を　友に贈る
どんなご返事が頂けるか　不安と期待が膨らみます
機知に富んだ返歌をいただけると　嬉しくて楽しくて
恋歌を贈歌されることも　度々
機知の効いた返歌をお返ししようと楽しみます
時折　勘違いされる方もいますが　それも悪くありません

小野貞樹殿
先に　浮草のような人生観の歌　お贈りしたのですが　返歌なく過ぎ
寂しくもあり　もう一度　歌をお贈りすることに

小野貞樹殿へ贈歌

今はとてわが身時雨《しぐれ》にふりぬれば言の葉さへに移ろひにけり
（古今和歌集　恋歌五　七八二）

以前贈った歌
「花の色はうつりにけりないたづらにわが身世にふるながめせしまに」
「秋風にあふ田の実こそかなしけれわが身むなしくなりぬと思へば」
「長雨」「秋風」「いたづらに」「むなしく」

寂しさ　哀しみ　虚しさ　二人の間にだけ判るはず
今度こそはっきり答えて欲しいという　恋歌です
貞樹殿　どう反応されるか

小野貞樹殿の返歌

すぐ　返歌が

人を思ふ心の木《こ》の葉にあらばこそ風のまにまに散りも乱れめ

（古今和歌集　恋歌五　七八三　貞樹）

貞樹どのは　かなりびっくりされたかな
私の「言の葉」に対し「人を思ふ心の」と言い出されているのは
言葉と心は　しばしば違うものですが

貞樹殿は「こそ」で　「人を思ふ心」「心とことば」は同じと強調
「わが歌の言の葉は」そのまま「わが心」
秋風に散る木の葉では　決してありません
と　心の中を開かれました
私の「時雨」を「風」（秋風）にして
まっすぐな心の返歌に　癒されました

思ひ　熾火

貞観二年　（八六〇年）ごろ

書司での仕事をこなしながら
白居易など漢詩文とか仏教の教え・喩え話などを織り交ぜた
「あはれてふこと」　詠み続けています

古来の通い婚の習俗では、女は殿方を常に待つしかありません
朔月《さくげつ》の闇の中　殿方は来られません
月の明るい夜は殿方の訪れが待たれます
たとえ満月でも殿方が来てくださらない夜は、闇夜と同じ
来られないと判っていても、なお起きて待っている
私小町も待っています　そっとあのお方を
でも　夢でもお逢いできません

そんな時
燃え上がった思いの「火」は胸の上で走り回り、心は焼け続けます

人に逢はむつきのなきには思ひおきて胸走り火に心やけをり

（古今和歌集　誹諧歌1　一〇三〇）

『万葉集』の時代から　心を火に喩える表現は多くあります
塩焼く煙・野火・富士の煙とか
また「あが心焼くも我なり」というような自覚もありました
このような恋の思いは　いつの世も変わらないものですね

仏典では、愛欲は人間の煩悩十悪の一つ
『正法念処経』[2]には
薪火が激しく燃え上がるように愛火が人々を焼き尽くしていくと

私小町の火の色は目に見えて胸の上で燃え上がっているのです。

注
1　俳諧歌《はいかいか》：『古今集』の部立ての一つで滑稽で誇張された歌

2　『正法念処経』：仏教の地獄を説く経典として有名

阿部清行殿との贈答歌　二

貞観六年（八六四年）
大切な歌仲間　阿部清行殿が　大宰少弐《だざいのしょうに》[1]として西下されたとき
備前の唐琴《からこと》の港で詠まれた歌が　贈られてきました

　詞書：唐琴《からこと》といふところにて春の立ける日（立春）に詠める
「波の音《おと》の今朝《けさ》からことに聞《きこ》ゆるは春のしらべやあらたまるらむ」
（古今和歌集　物名[2]歌　四五六　清行）

これは
唐琴という地名から　波の音を音楽に喩えられた美しい歌
この美しさの中に　都から遠く離れたところへの旅立ち

波の音それは静かな琴の音　別れの寂しさを引き立たせます

私・小町
私の身体の上にゐる熾火（燃えている火）が「ゐて」
その火に身を焼かれる哀しみよりも　もっと哀しいのは
都と島辺に　遠く別れてしまったことと　気が付きました　と
お返ししました

詞書：おきのゐ　みやこしま
おきのゐて身を焼くよりもかなしきは都島べの別れなりけり
（古今和歌集　物名歌　一一〇四）

「熾火で身心が焼ける」とても耐えられませんが
親しい方が　どんどん遠くへ行ってしまわれる

本当に辛く　寂しく　やるせなく　哀しいことです

注
1　大宰少弐：大宰府の次官　大宰大弐《だいに》の下
2　物名歌：歌の文脈とは関係のない物名を隠して歌うゲーム様歌

色見えで

貞観八年（八六六年）応天門が燃え上がるという事件がありました
真実は判りませんが
この事件で　大友・紀氏は没落
藤原氏が勢力を伸ばす契機となった事件です
政争は　渦巻き続いています

「世の中の人の心」は　仏から見た世俗の人の心
仏教は「心は音の聞こえない滝で色の見えない花」と教えます
唯識説でいう最も根本的な識（深層の心）のはたらき：阿頼耶識です
そう
「世の中の人の心」は　滞ることなく転変し流れていくのです

色見えで移ろふものは世の中の人の心の花にぞありける
（古今和歌集　恋歌五　七九七）

文屋康秀殿との贈答歌

貞観九年（八六七年）私小町は従五位下に叙位
書司の仕事をこなしながら
清和天皇女御　藤原《ふじわらの》　高子《たかいこ》様にもお仕えしていました

ここ高子様のところには　私小町の歌仲間も多く集まっていたものです
文屋康秀殿も　そのお一人

貞観十五年（八七三年）ごろ
歌仲間　その文屋康秀殿が三河掾《みかわのじょう》1に任命
またまた　お別れです

そのとき
「県見《あがたみ》2にはえいでたじや（今度の私の任国に見物においでになれませんか）」
と　誘いを受けました
私は

詞書：甲斐守に侍りける時　京へまかりのぼりける人に遣はしける

わびぬれば身をうき草の根を絶えて誘ふ水あらばいなむとぞ思ふ
（古今和歌集　雑歌下　九三八）

「誘ふ水あらば往なむ」と誘いに応じます
と　いう恋歌の形でお返し
でも　真意　康秀殿はお見通し

白居易が江州に左遷されていたころの詩「九江春望《きゅうこうしゅんぼう》」に
自分のことを「漂泊ノ浮萍《ふひょう》ハ是レ我身」と　喩えています
そう白居易は人生は浮き草のように定住の地をもたない浮生《ふせい》と観じ
この地で一生を終えてもよいと詠じているのです
康秀殿の贈歌はこの詩を踏まえたものでした
私の返歌も　白居易の詩の「我身はうき草の」という表現から
生まれています

「浮き草」は漢詩語の「浮萍《ふひょう》」の翻訳語ですが　ここでは私のことです
浮き草のような　憂い感　まさに今の私小町の心
この歌「往《い》なむ[3]」にご注目!!
「否《いな》む」!!　なのです
お誘いに応じたいけれど　応じられません
お別れは　寂しく胸が痛みますが

さらに「わびぬれば」には
「独りで淋しいので」をいう俗な意味と
「俗世に厭きたので」という仏教的な意味を含め

康秀殿はよほどこの返歌が気に入られたのか
皆さまにお見せになったようです
「面白い」と多くの方々にお褒めいただきました

でも　二人の心の中　寂しく哀しいものです

注

1　三河掾：「掾」は都から派遣される国司の中の三等官。

2　県見：任国の視察

3　往なむ：「往《い》ぬ」は行って帰ってこない意

みるめなき・海人の住む

貞観十六年（八七四年）八月
暴風雨があり　都は冠水し
橋は流され
溺死した人・家畜数えきれません
官舎　巷の家々被害を受けない物はありませんでした

でも　泥水の引いた跡に　緑が芽生え　花が咲きます
人々は逞しく　生活を再建させていきます

貞観十七年（八七五年）
私は　日々　書司で働いていますが
親しい歌仲間の方とのお別れも　数度あり
寂しく「むなしく」「わびぬれる」ことも多々あります

年は過ぎていきます
年を重ね今は　海松布《みるめ》1のない　海と同じ私小町
海人の住む里の案内人ではありませんが

まだまだ恋歌　頂けます
殿方はお通い下さいます

浦がみたいとお通いになり
怨みますなどと言われることも

見るめなきわが身を浦としらねばやかれなで海人《あま》の足たゆくくる
（古今和歌集　恋歌三　六二三）

海人《あま》のすむ里のしるべにあらなくにうらみむとのみ人のいふらむ
（古今和歌集　恋歌四　七二七）

私の恋歌の深い意味を　理解してくださらなかった方には
嫌な女だったのでしょうね
深草少将の百夜通《ももよがよ》いの説話誕生も　仕方ありません

注

1　海松布：どこの海岸にもある海藻　淡水には生えない

四　陽成朝以降

世は流れています

清和天皇が譲位され　陽成天皇が即位
私小町は尚書《ふみのかみ》に任命されました　書司の長官です
そのまま　しばらく尚書《ふみのかみ》として　後宮にお仕えしました

華やかな宮廷生活の裏の政争　複雑に続いています
元慶二年（八七八年）出羽国　夷俘《ふ》が反乱　（元慶の乱）
　篁のいとこ・小野春風が無血で蝦夷を服属させます
春風殿は　蝦夷の言葉が話せる方でした

元慶八年（八八四年）陽成天皇退位　光孝天皇即位
光孝天皇は仁明天皇のご子息です

仁和三年（八八七年）京・諸国で大地震　死者多数がでました
きれいな青空も　心をより哀しくします

こんな大変な時も　生きなければなりません
そして　いつごろでしょうか
静かに　後宮を辞しました

旅立ち

私小町の心
「寂しさ　哀しみ　わびしさ」もすべて

せせらぎにのせ
澄みきった　せせらぎ　にのせ
さあ
あのお方に　逢いに行きましょう
人の世から　あのお方の世界へ
旅立ちです

私小野小町と小町伝説

私小町の人生は
華やかな　後宮生活のなか
儚く生きる野の花でした
あのお方から恋に目覚め

漢詩文　特に白居易　そして仏の教えを胸に
人の儚さ　世の辛さを　恋歌に秘めて詠い続けたのです

機知に富んだ歌の贈答を　たくさんさせていただきました
この時代の　多くの方々　男も女も
漢詩文を読み書きし　仏教に帰依し　和歌を詠みました

小町風の歌　私をまねて多くの方が多くの歌を詠んでくださいました
小町とよばれる多くの方々の一生が　小野小町の一生に重なって
多くの小町伝説の誕生でしょうか

エピローグ

華やかな宮廷生活の裏に　私小町の心に流れていたものは

♪人のはかなさ　世の辛さ……　（作詩　丘灯至夫）

♪こよなく晴れた青空を　悲しと思う切なさよ
うねりの波の人の世に　儚く生きる野の花よ……　（作詩　サトウハチロー）

今を生きる全国の小町さん
たくさん恋をし　愛してください
人に恋し　人を愛し
恋すること　愛することに年齢は関係ありません

凛と胸を張って

あはれてふことこそうたて世の中を思ひはなれぬほだしなりけれ

参考資料

『小野小町』コレクション日本歌人選〇〇三　大塚英子　笠間書院　二〇一一年

『古今和歌集』完訳日本の古典九　小沢正夫・松田成穂　小学館　一九八三年

『古今集小町歌生成原論』　大塚英子　笠間書院　二〇一一年

『平安時代　後宮及び女司の研究』　須田春子　千代田書房　一九八二年

『いちばんやさしい仏教とお経の本』　沢辺有司　彩図社　二〇二〇年

『超訳　法華経』あなたはもっと「簡単に」生きられる　知的生き方文庫　境野勝悟　三笠書房　二〇二〇年

『日本の歴史／平安時代』四　揺れ動く貴族社会　川尻秋生　小学館　二〇〇八年

著者プロフィール

藤田 恭子（ふじた きょうこ）

1947年、福井県生まれ。
1971年、金沢大学医学部卒業。

■著書
詩集『見果てぬ夢』（2011年） 詩集『宇宙の中のヒト』（2015年）
『斜め読み古事記』（2016年） 詩集『ちいさな水たまり』（2018年）
詩集『オウムアムア』（2019年） 『斜め読み額田王』（2020年）
以上文芸社
さわ きょうこ著として：
詩集『大きなあたたかな手』（2008年） 詩集『ふうわり ふわり ぼたんゆき』（2008年） 詩集『白い葉うらがそよぐとき』（2008年） 詩集『ある少年の詩』（2009年） 詩集『ちいさなちいさな水たまり』（2012年） 以上文芸社

斜め読み小野小町

2021年1月15日 初版第1刷発行

著 者 藤田 恭子
発行者 瓜谷 綱延
発行所 株式会社文芸社
〒160-0022 東京都新宿区新宿1－10－1
電話 03-5369-3060（代表）
03-5369-2299（販売）

印刷所 株式会社フクイン

ISBN978-4-286-22235-6 JASRAC 出2008637－001